KB075778

가슴으로 읽는 동시

하늘 고치는 할아버지

가슴으로 읽는 동시

하늘 고치는 할아버지

박두순

해설하고

엮음

열림원

마음이 고장난

이 시대 어른에게

이 동시집을 읽는 어른들에게

얼룩진 마음, 동시로 닦아 볼까요?

시를 읽어야 하는 시대입니다. 동시는 더 읽어야 하는 시대입니다. 왜 그럴까요?

이 시대는 거칩니다. 사람들 정서는 메마를 대로 메마르고, 모든 가치는 물질로 포장돼 시가 들어설 자리를 잃어가고 있습니다. 욕설과 악담, 사기, 도둑질, 이기주의, 갈등과 다툼이 사회를 뒤덮어 시가 없는 사회가 되어갑니다.

이래서 시를 읽어야 합니다. 동시는 더 읽어야 합니다. 시 읽기는 메마른 사회를 맑은 물결로 출렁이게 할 것입니다. 시는 정화제입니다. 시는 마음 방부제 역할을, 소금 역할을 합니다. 소금기가 모자라면 뼈가 약해집니다.

시 섭취가 안 되면 영혼이 허물어지기 쉽습니다.

유럽 선진국에서는 일찍부터 하던 시 읽기 교육을 오늘날에도 이어 오고 있습니다. 프랑스 초등학교에서는 1학년부터 1주일에 시 1편을 외우게 합니다. 그래야 국어 점수를 준답니다. 그래서 초등학교 4,5학년만 되어도 난해한 보들레르의 시까지 거침없이 낭송한다고 합니다. 독일의 어머니는 저녁마다 어린이에게 시를 들려주고, 영국에서는 중학교 1학년이면 셰익스피어 시를 줄줄이 낭송하는 실력이랍니다.

시를 많이 읽으면 대화 속에 은비늘처럼 빛나는 말이, 가슴속에는 사랑스러운 말이 꽃피게 됩니다. 유럽의 어느 국회에서는 언쟁으로 소란해지면 누군가가 시를 읽는답니다. 그러면 장내가 조용해진답니다. 시는 다툼을 가라앉히는 힘도 지니고 있습니다.

이 시대는 거칩니다. 시는 거친 맘을 다듬어 줍니다. 동시는 더 그러합니다. 다듬어 줄 뿐만 아니라 마음 얼룩을 닦아 줍니다. 동시는 동심의 다른 말입니다. 동심은 인간다움입니다. 인간다움은 순수함입니다. 어른들은 어렸을 때 지녔던 곱고 순수한 동심을 세상살이에 시달리면서 잃어버리고 마음은 얼룩지게 됩니다.

이 책에는 어른들의 얼룩진 마음을 닦아 줄 69편의 동시가 실려 있습니다. 이 동시들은 영혼을 닦아 줄 부드러운 천입니다. 자, 영혼의 얼룩을 닦아 보세요. 이들 동시는 제가 매주 목요일 조선일보에 해설과 함께 실었던 작품입니다. 가리고 가려 뽑은 동시여서 그 역할을 단단히 해내리라 믿습니다.

마샤 메데이로스는 '자기 안에서 아름다움을 발견하지 못하는 사람은 서서히 죽어가는 사람이다'라고 말했습니다.* 가슴 뜰에 동시 향기를 채워 보세요. 잠들었던 동심이 깨어나고, 아름다움이 채워질 겁니다. 그때 자신이 살아 있는 사람임을 발견하게 될 것입니다.

이런 물결이 번져 시 읽는 선생님과 학생, 아버지, 어머니, 정치인, 경제인이 많은 나라는 몸이 잘사는 나라를 넘어서 마음이 잘사는, 마음이 부자인 나라가 될 것입니다. 이러면 얼마나 좋겠습니까.

2019년 1월

동시작가, 시인 박두순

* 류시화, 「서서히 죽어가는 사람」, 『시로 납치하다』, 더숲, 2018.

차
례

2부
"자연 고칩니다"

3부
"하늘 고칩니다"

* 본문에 실린 시와 해설의 표기 및 맞춤법은 저자 고유의 글맛을
  살리기 위한 것임을 밝힙니다.

1부

/

“마음 고칩니다”

그냥

엄만
내가 왜 좋아?

-그냥…

넌 왜
엄마가 좋아?

-그냥…

-문삼석 (1941~)

어머니와 아이가 주고받는 말이 정겹다. 사랑이 그저 보글보글 끓어오르는 모습이다. 아, 따스해. 아이가 엄마에게 내가 왜 좋으냐고 물어보고, 엄마도 아이에게 같은 질문을 한다. 대답은 다 '그냥'이다. 그렇다. 좋은데 무슨 이유가 있겠는가. 조건이 붙으면 이미 그것은 조건부 사랑이다. 좋은 건 따질 게 없다. 따지면 의도된 사랑이다. 부모 자식 사이는 '그냥' 좋아야 되지 않을까. 특히 어머니의 자식 사랑은 무엇이든 '그냥' 베푸는 것이다. 자식들도 엄마처럼 사랑을 '그냥' 주면 얼마나 좋을까.

사람 사이도 '그냥' 좋으면 안 될까? 내가 초등학교 들어가서 국어 시간에 처음 배운 글이 '사이좋게 놀자'였다. 지금 생각해보니 참 의미 깊은 말이다. 세상 사람이 사이가 좋으면 다툼도 전쟁도 사라질 것이다. 좋은 사이가 새해에는 '그냥' 끓어넘쳤으면 하는 바람이 머릿속에서 부풀어 오른다. 그냥, 그냥. 이 시는 해설이 별 필요 없는 그냥 좋은 시이다.

둘이서 함께

밥을 먹기 전에
톡
반찬을 집기 전에
톡

젓가락 두 짝을
나란히 세워 보는 건
누구 키가 더 큰가
재보는 게 아니야

둘이서 함께
마음을 맞추고
둘이서 나란히
생각을 맞추라는 거야.

–문성란(1954~)

밥과 반찬을 집기 전에 젓가락을 밥상 위에 '톡' 나란히 세우는 건 마음과 생각을 맞추는 거란다. 무감각했어라. 젓가락질 의미가 이러한데도 아무 생각 없이 밥상 앞에서 그저 우적우적 먹는 데만 신경을 썼으니. 습관적으로 반복되는 일상을 남달리 보고 그 의미를 캐낸 시인의 시선이 날카롭고 푸르다. 푸른 시선이 만든 동심의 젓가락질! '톡 톡' 맘 맞추기 젓가락질을 잘하는 어린이가 늘어났으면… 설날엔 생각을 맞춰 지내는 형제와 자매, 이웃, 친구, 부모 자식이 '톡 톡' 불어났으면… 어린이에게도 이런 협력 의식을 심어 주는 것도 무의미하지는 않으리라.

학교 종의 노랫소리

종이 소리치는 거 봤니
종이 야단치는 거 봤니
종은 그저 부드러운 목소리로
노래를 불러

운동장에서
와글와글 바글바글
노는 아이들을
한꺼번에 모아들이지.

-오한나(1970~)

종이 힘도 세다. 운동장에서 와글와글 바글바글하던 아이들을 한꺼번에 교실로 불러들이니. 소리치지도, 야단치지도 않고 노는 아이들을 단번에 모으니! 그 힘은 어디서 왔나. 부드러운 목소리에서 노래에서 흘러나왔다. 종의 힘은 부드러움과 노래다. 고함지르지 않고 꾸짖지 않는 사랑이다. 시인은 그 위력이 어떤지를 우리 가슴과 귀에 입력하려고 이 시를 썼으리라. 학교는 사랑으로 채워져야 된다는 것도 애써 말한 게 아닐까.

그 옛날의 학교 종은 노래가 아닌 '땡땡땡' 쇳소리로 공부 시작과 끝을 알렸다. '학교 종이 땡땡땡 어서 모이자. 선생님이 우리를 기다리신다'라는 교훈 섞인 노래를 부르게 했다. 지금과 비교해보면 참 많이도 다르다. 이제 새 학년이니 종아, 아이들이 더 즐겁도록 외침 아닌 그저 부드러운 음성으로 노래 불러다오.

박수

두 손바닥이
서로 마주 보며

–참 잘했어!
짝짝짝짝!

두 손바닥이
서로 토라지면

–에, 시시해
틱틱틱틱!

–한명순(1952~)

사람 사이가 나빠지면 엇갈린 마음을 두 손이 먼저 읽어버린다. 박수 소리가 달라진다. 잘했다고 칭찬하는 박수 소리는 짝짝짝 힘찬데, 토라지면 그만 틱틱틱 우울하고 둔탁한 소리로 바뀐다. 짝짝짝짝! 틱틱틱틱! 사이좋고 나쁨의 마음 지도가 절묘하게 그려져 있다.

틱틱틱틱. 손바닥이 이런 소리를 내며 살게 하면 쓰나. 손도 즐거워야지. 사이좋게 지내게 해야지. 박수 소리도 찜찜하지 않게. 그러면 생활에 은비늘 같은 웃음이 일지. 그 웃음은 얼굴로 번지고 마음으로 스며 내 안에 불을 켜지. 나와 너를 밝히는 불이 켜져 가정, 사회, 국가도 밝아오지. 짝짝짝 나라를 산뜻한 박수 소리로 채우고, 틱틱틱 소리는 거둬들이자.

좋겠다

축구 잘하는 민기
충남 당진으로 전학 가고

글 잘 쓰는 혜민이
충남 서산으로 전학 가고

멋진 친구
두 명이나 선물 받은
충청도는 좋겠다

-남은우(1966~)

'충청도는 좋겠다.' 좋은 친구를 선물로 받았으니. 좋은 친구는 재산이다. 마음 재산을 나누어 가질 수 있으니. 충청도는 멋진 친구가 불어나 좋겠다. 이런 지역감정 어떤가. 즐거운 감정이다. 이런 감정은 조장될수록 좋다. 마구 조장해도 손가락질 받을 일도, 눈총 받을 일도, 욕먹을 일도 없다. 오히려 유쾌하다.

대통령 선거나 국회의원 선거 때마다 부푼 지역감정에 우리는 얼마나 마음이 불편했던가. 어른들은 이제 이 동시를 읽고 지역감정의 짐을 벗어봄이 어떠할지! 일곱 줄의 동심이 욕심으로 얼룩진 지역감정 치유제가 될 수도 있겠다. 어린이들에겐 왕따 같은 패거리 행위가 얼마나 나쁜 것인지를 산뜻하게 비춰 주는 거울도 되겠다.

뒷걸음질

뒷걸음질하면
멀어지겠지

뒷걸음질하면
네가 점점 작아 보이겠지

뒷걸음질하면
나중엔 네가 안 보일지도 몰라

그러나 발자국은
여전히 네게로 향해 있지.

–남진원(1953~)

왜 뒷걸음질을 할까? 사이가 멀어져서다. 그러면 마음이 뒷걸음질한다. 뒷걸음질할수록 마음 거리가 멀어져 상대방 존재가 점점 작아지다가, 나중엔 안 보일 수도 있다. 마음에서 사라져 버리는 거다. 마음에서 싹 없어진 줄 알았는데, 아, 그게 아니네! '발자국은 / 여전히 네게로 향해 있지.' 네가 아주 지워진 게 아니네. 사이가 가까울 때처럼 '여전히' 발자국은 서로 마주 보고 있구나. 잊히지 않고 그 존재가 가슴속 어디엔가 발자국처럼 찍혀 있었구나. 그럼 그렇지. 사이좋았던 일이 그렇게 허무하게 잊힐 리 있을라고.

싫은 사람, 미운 사람도 어느 구석엔가 조그만 그리움으로 박혀 있구나. 싫은 마음, 미운 마음이 괴로워하다가 조금은 위로를 받네. 뒷걸음질이 이런 의미를 품고 있을 줄이야. 새 의미 발견이다.

투덜이

가방 속에
우산을 넣었더니

가방은
비좁다고 투덜투덜
귀찮다고 투덜투덜
무겁다고 투덜투덜

저녁에 소나기가 쏟아지니
우산이 말했어

"가방아, 이리 들어와."

-김금래(1954~)

앙증맞은 동화 한 편이다. 가방과 우산이 주인공인. 우리의 친구 사이를 닮았다. 친구끼리는 더러 탓하고 불평하며 톡탁거리지만 곧 화해한다. 가방과 우산처럼. 비가 올지도 몰라 가방에 우산을 넣었다. 아이 비좁아, 아이 귀찮아, 아이 무거워. 투덜투덜. 가방의 불만이 잔뜩 부풀었다. 그런데 갑자기 비가 쏟아졌다. 우산이 얼른 뛰어나와 몸 활짝 열고, "가방아, 들어와." 손 잡아끌었다. 가방은 아마 민망하고 부끄러웠을 게다. 우리는 이럴 때가 없었을까. 왜 없었겠어. 얼굴이 살짝 달아오르는 걸 봐. 불만, 불평이 돋으면 우린 어떻게 해야 하나. 참으며 살아야지 뭘 어째. 나를 가만히 들여다본다. '투덜대지 말고 살아, 응.'

맑은 날

아이가 울면서 갑니다.
아빠한테 혼나면서 갑니다.
그래도 아빠 손은 놓지 않고
아빠 얼굴 한 번 봤다
제 눈물 한 번 닦았다
하면서 갑니다.

–정광덕(1971~)

아, 티 없이 맑은 어린이. 아빠에게 혼나면서도 아빠 손을 놓지 않는. 혹시 아빠가 떼어 놓고 갈까 봐 아빠 얼굴을 흘끔흘끔 쳐다보는 어린이. 그러면서 눈물을 쓰윽 닦고 아빠를 따라가는 어린이. 에이, 아빠도. 아이를 이렇게 심하게 야단치다니. 어린이는 꾸중 듣고 눈물까지 흘리면서도 미움이나 원망의 눈빛이 없다. 이런 맑은 세상은 어디에도 없다. 동심에만 존재한다.

어른들 세계를 보라. 싫은 말 한마디에도 그만 마음눈 흘기면서 싸늘히 돌아서 등을 보이지 않는가. 그래서 이 동시는 말한다. 어른들은 좀 배우라고. 싸우고 눈물도 채 마르기 전에 마주 보고 웃음 건네는 어린이들에게서. 오, 그런 아이를 구타하고 학대해 목숨까지 앗아가는 부모도 있다네. 무서운 세상에 동심이 연출한 '맑은 날'의 풍경이 더없이 맑아 보인다. 제목이 왜 '맑은 날'이겠는가.

진곤이 -엄마 잃은 집 · 5

-술고래 아빠랑
함께 안 잘 거야.

-골초 아빠랑
같이 안 잘 거야.
말해 놓고선

아빠를
끌어안고 잔다.

술 냄새도
끌어안고 잔다.

담배 냄새도
끌어안고 잔다.

-김미영(1964~)

외롭다, 쓸쓸하다, 괴롭다, 안기고 싶다, 그립다, 갖고 싶다, 아프다, 모자란다, 안타깝다, 불안하다. 엄마 없는 진곤이는. 술고래에다 골초인 아빠와 안 자겠다고 단단히 마음먹지만 잘 땐 그게 그만 무너진다. 어느새 아빠를 끌어안는다. 푹푹 풍기는 술냄새, 담배 냄새까지도 끌어안는다. 싫은 사람 곁에는 얼씬 안 하는 어른과 달라도 너무 다르다.

진곤아, 고맙다. 아빠도 사실은 너처럼 괴롭단다, 아프단다, 외롭단다, 화난단다, 힘들단다. 그래도 지독한 술냄새와 매캐한 담배 냄새를 끌어안아 주는 네가 있어 아빠는 힘내어 산단다. 희망 걸고 일한단다. 진곤아, 부디 희망의 끈을 놓지 말고 걸어가거라. 희망은 삶의 힘줄이니.

지우개 엄마

엄마는 날 보고
지우개래.

잔뜩 오른
배추 값 걱정
날 보면
말끔히 지워진대.

내 보기엔
엄마가 지우개 같아.

친구랑 다툰 뒤
머리에 난 뿔
엄마 품에 안기면
살며시 지워지거든.

– 오은영 (1959~)

어린이, 엄마가 서로 지우개네. 사람 지우개. 걱정을 쑥쑥 덜어 주는 지우개. 학교, 놀이터, 학원에서 화나고 괴로운 일과 마주친 아이. 가정, 직장, 사회에서 일하며 만난 엄마의 스트레스. 어떻게 푸나? 엄마 걱정은 아이가 지워 준다. '넌 나의 지우개야, 너만 보면 오른 배추 값 걱정이 말끔히 지워지거든.' 엄마는 아이 스트레스를 걷어 낸다. '친구와 다툰 뒤 / 머리에 난 뿔 / 엄마 품에 안기면' 요술처럼 사라졌다. 가슴 골짜기에 안개처럼 서렸던 괴로움을 시원하게 걷어 낸 지우개. 사랑을 주원료로 만든, 사랑의 지우개는 우리의 아픔이나 고통, 근심을 치유한다. 나도 지우개인가?

푸념

친구를 떠나보냈다며
기운 없이 들어오신
할아버지

-나는 지들 가는 것
다 봐 주는데
나 가는 길
누가 봐 주려나?

가만히 듣고 있던
다섯 살 내 동생

-하부지
내가 같이 가 줄게!

-양인숙(1955~)

오호, 기특해라. 감동으로 가슴이 찌르르 운 끝에 먹먹해진다. '하부지 / 내가 같이 가 줄게' 오로지 할아버지를 좋아하는 마음으로 뭉쳐진 순수 덩어리. 코끝이 찡해온다. 누가 요렇게 깜찍한 아이를 세상에 데려다 놓았나. 성경은 일찍이 어린이 마음 같지 않고는 결단코 천국에 들어갈 수 없다고 설파했다. 천국은 참삶의 영역이리라. 혼탁한 요즘 세상, 천국 갈 사람은 요런 다섯 살 어린이밖에 없을 듯하다. 아마 이런 어린이가 지옥을 아장아장 따라갔다면 캄캄한 지옥도 온통 환해질 거다. 어린이 앞에선 천국도 지옥도 무의미하다. 맑은 사람만 존재할 뿐이다. 하부지 푸념이 하얗게 세탁돼 의미를 잃어버렸다. 그야말로 푸념이 되었다.

할머니의 휴식

건이는
밭에서 내내
굽은 허리 펼 새 없는
할머니에게 달려갑니다
휴식이 되려고 갑니다

"우리 강아지 어서 온나."
할머니가 잠시 허리를 펴고
건이를 안아 줍니다.

-김미희(1971~)

할머니는 더위에도 쉬지 않고 일을 하신단 말이야. 말려도 안 돼. 어떻게 하나. 폭탄을 던져야겠다. 휴식의 폭탄을. 자, 받으세요 할머니. 손자 건이를 투하했다. 위력을 발휘했다. 할머니! 부르며 달려오는 손자의 귀여운 달음박질을 어찌 그냥 보고만 있을 것인가. "우리 강아지 어서 온나." 할머니는 그만 일손을 놓고 손자를 안아 준다. 허리를 펴고 쉰다. 손자가 휴식덩어리 되었다. 할머니의 노동 중독 치료제가 되었다. 이래서 손자는 소중하고 귀엽지 않을 수 없다.

손주는 할아버지 할머니가 먼길을 달려와 맞는 휴식처이다. 이 휴식처에서 할아버지 할머니는 거친 숨소리를 고르며, 고달팠던 마음을 내려놓고, 사랑을 푸근히 나누어 준다. 허허허 하하하, 할아버지 할머니 웃음소리가 고인다. 일상에서 건져 올린 한 컷의 삽화 같은 시가 일상에 젖은 땀을 씻어 준다.

아가가 미끄러졌다

아가가
마루에서 공차다 미끄러져
앙앙앙….

"아가 다쳤어?"

엄마가 주방에서 달려간다
아빠가 신문 보다 달려간다
할머니가 화분에 물주다 달려간다
나도 텔레비전 보다 달려간다.

–박예자(1939~)

난리 났다. 집안이 비상이다. 아가의 울음에 집안이 흔들린다. 엄마, 아빠, 할머니가 달려가지 않을 수 없다. 하던 일 제쳐 놓고 달려간다. 이럴 때 아가는 왕이나 다름없다. 암, 왕이고말고. 울음까지도 귀여운 꼬마 왕. 앙앙앙. 나도 놀라서 텔레비전 보다가 달려간다. 아가의 울음이 식구들을 자석처럼 빨아들인다. 아가의 존재는 가족을 한데 묶는 강한 끈이다.

꾸밈없는 소박한 몇 줄의 시에서 아가의 소중함이 빛나게 읽힌다. 보물 도자기 같아 보인다. 어느 고등학교 교장 손녀가 교장이 애지중지하는 도자기를 그만 떨어뜨려 깨트렸다. 엄마가 어쩔 줄 몰라 하며 아이를 마구 야단치고 있는데, 퇴근한 교장이 그 광경을 보고 도리어 며느리를 야단쳤다. "항아리야 새로 빚을 수 있지만 손녀는 우주에 하나밖에 없지 않으냐"며!

눈사람과 아기

-아저씨, 우리 집에
좀, 놀러 와요!

아기의 말에
눈사람 아저씨가
반가워 묻습니다.

-느네집 따듯하니?

-권영상(1953~)

눈사람과 아기의 단 두 마디 대화에 따스함이 온몸에 살몃살몃 스민다. 아기는 눈사람 아저씨가 추위에 떨고 있는 게 안쓰럽다. 이것저것 따지지 않고 주저 없이 '우리 집에 / 좀, 놀러 와요' 초청한다. 눈사람 아저씨는 반갑다. '느네집 따듯하니?' 현실에선 말도 안 되지만, 어린이 세계에서는 너무도 당연한 일이다. 때묻지 않은 순진함이 마음을 데워 준다. '우리 집에 놀러 와요.' 유머러스한 짧은 동시가 이 겨울 누군가를 초청하고 싶은 맘을 싹 틔운다.

겨울은 이래서 좋다. 눈과 눈사람이 있어 좋다. 황량한 벌판을 적시는 눈발은 겨울 선물이다. 빈 겨울 마당은 눈사람이 채워 준다. 눈사람은 깨끗한 어린이가 깨끗한 눈으로 만든 깨끗한 사람이다. 눈사람처럼 깨끗한 사람은 어린이 가슴속에 산다. 어린이들이 묻는다. '대통령이 되려고 하는 아저씨들, 먼저 눈사람 한번 만들어 보시지 않을래요?'

아빠 구두

오랜만에 입김 불며
아빠 구두를 닦았어요

펑퍼짐히 넓어진 볼
삐뚜름히 닳은 굽

툭하면
바쁘다던 아빠
구두 속에 있었네요.

-김종헌(1964~)

아빠가 살아온 모습이 어디 있나 했더니, 구두 속에 숨어 있었네. 구두를 닦다가 본 아버지의 모습이란! 펑퍼짐히 넓어진 구두 볼에, 삐뚜름히 닳은 굽에, 아빠 삶의 자취가 화석처럼 새겨져 있네. 온전한 몸매를 갖고 있지 못한 구두, 네가 말해 주는구나. 이리저리 뛰어다니며 바삐 살아온 아빠, 얼마나 힘들었을까. 놀러 가자 해도 바쁘다고만 한 까닭을 알겠구나.

어린이들이여, 아빠 구두를 한 번쯤 닦아 드리고 구두에 어려 있는 아빠 모습이 어떤지 한번 엿보자. 어려운 일 혼자 묵묵히 해내느라 외로울 아빠와 다정히 눈길 맞추며 위로를 건네 보자. 아빠 눈에 고마움의 눈빛이 샘물처럼 고이게. 동시조 한 수가 아버지의 수고를 우리 앞에 새삼스레 비춰 주네.

새와 산

새 한 마리
하늘을 간다.

저쪽 산이
어서 오라고
부른다.

어머니의 품에 안기려는
아기같이

좋아서 어쩔 줄 모르고
날아가는구나!

-이오덕(1925~2003)

어린이는 누구 품을 가장 좋아할까. 엄마 품일 것이다. 새는 누구 품을 가장 좋아할까. 산의 품일 게다. 새는 산에 깃들여 살지만, 놀이터는 하늘이다. 자유로이 하늘을 맘껏 날며 놀던 새. 실컷 놀았나 보다. 이제 돌아가야지. 산의 품을 찾아간다. 어서 와 어서, 산이 손짓한다. 새는 날갯짓도 힘차게 훨훨 날아간다. '좋아서 어쩔 줄 모르고'. 걸음걸이도 서툰 아기가 빨리 엄마 품에 안기고 싶어 온힘을 다해 달려가는 듯한 광경이다. 이 끝 연, 얼마나 멋진지! 독자를 흥분시킨다. 여기서 시는 절정을 맞는다.

새와 산의 사이가 아기와 엄마 사이 못지않다. 새와 산, 엄마와 아기, 그 사이를 잇는 생명의 끈, 그 끈의 자력은 얼마나 강한가. '새와 산'의 관계는 결국 아기와 엄마의 관계로 이어진다.

배꼽

엄마는 아기를 낳자마자
몸 한가운데에다
표시를 해 놓았다.

-너는 내 중심

평생 안 지워지는 도장을
콕 찍어 놓았다.

-백우선(1953~)

배꼽을 들여다본다. 옴폭 팬 조그만 배꼽이 초등학교 시절엔 애를 먹였다. 때가 잘 끼어 몸 검사를 할 적에 선생님에게 야단맞기 일쑤였으니. 60년 전 일이다. 일주일에 한 번씩 용의 검사라는 걸 했다. 손, 발, 손톱, 목, 몸을 검사해 카드에 기록, 청결과 건강 지도를 했다. 생활환경이 안 좋은 시골인 데다 위생관념이 희박한 시절이어서 그랬다. 전설 같은 이야기이다.

배꼽은 탯줄이 달렸던 자리. 어머니와 생명 연결 고리 자국이다. 어머니와 아기가 하나였다는 증거물이다. 태어나면서 몸 한가운데에 어머니가 표시해 놓은 배꼽. '너는 내 중심.' 그렇다. 어머니는 자식이 태어나면 배꼽 도장을 콕 찍은 후 평생 자식을 생의 중심에 두고 살아간다. 어떤 어려움이 닥쳐도 자식은 어머니 삶의 중심이다. 나는 어른이 돼서야 이런 걸 알았다. 다시 배꼽을 들여다본다. 내 중심이기도 했던 어머니는 세상을 떠나고 없다. 배꼽이 홀로 남았다.

느낌

"엄마-"
하고
부르면

응석부리고 싶고,

"어머니-"
하고
부르면

업어드리고 싶다.

-김완기(1938~)

사람은 "엄마 엄마", 응석 끝에 어느새 어른이 되고, 목소리도 굵게 "어머니-" 부르는 날이 온다. 자식 업어 키우면서 엄마의 힘은 사그라진다. 그땐 자식이 업어드릴 차례다. 아, 그런데 어머니는 세상을 떠나고 없다. 어머니를 생전에 한 번 업어드리기는커녕 업어드려야겠다는 생각조차 해본 적 없었다. 어쩌나. 시 감상에 나의 반성을 섞어 봤다.

시의 대상인 사물과 대화도 어릴 때와 어른일 적, 때와 장소, 기분에 따라 느낌이 달라진다. 제목을 어머니나 엄마라 하지 않고 '느낌'이라고 붙인 까닭이 여기에 있다. 느낌 속에 어머니를 공경하라는 뜻을 저장해 놓았다. '젖은 응석 마른 응석 가리지 않고 받아 안아 키웠으니, 빚 갚는 셈으로라도 엄마 한 번쯤 업어드려 봐, 응.'

2부

/

“자연 고칩니다”

햇볕 사용료

엄마가 햇살에
머리 말린 햇볕 사용료

나뭇가지 살랑살랑
몸 말린 햇볕 사용료

강아지 몸 탈탈 털어
물기 말린 햇볕 사용료

그 많은
햇볕 사용료
누가 다 내나요?

해님이
풀잎에서 손사래 치며
아, 그냥 두래요.

-김재순(1952~)

햇볕 사용료! 얼마나 기발한 동심적 상상인가. 엄마와 나무, 강아지가 머리, 몸, 털을 말리는 데 든 햇볕이 거저라는 생각이 그렇지 않은가. 해야, 고마워. 올해도 볕을 무한정 공짜로 줄 것이니. 세상에 이보다 더한 공짜는 없다. 70억 지구인과 동식물에게 내려 주는 햇볕. 전기, 수도료로 친다면 엄청날 텐데, 다 공짜다. 무한정 공짜다. 사용료로는 환산할 수 없는 자연 혜택이다. 해가 사용료를 받는다면 인류는 가난해지지 않을까. 이 추운 날 내리는 자연의 따듯한 숨결에 감사해야겠다. 감사하며 살아야겠다. 감사는 최고의 긍정 마인드이다. 자아 성취나 인간관계에서도 감사는 큰 에너지를 발휘하니.

이월과 삼월

봄을 빨리 맞으라고
2월은
숫자 몇 개를 슬쩍 뺐다.

봄꽃이
더 많이 피라고
3월은
숫자를 꽉 채웠다.

-신복순(1965~)

앙증맞은 동시다. 2월은 날도 덜 채운 채 급히 떠나고, 3월이 서둘러 도착했다. 2월은 왜 짧나? 궁금했는데 어린이 마음을 대입하니 궁금증이 풀렸다. 봄을 빨리 맞고 싶어 하는 기다림으로 숫자 몇 개를 슬쩍 뺐다는 것이다. 3월은 왜 숫자를 31일로 꽉 채웠나? 봄이 며칠이라도 꽃을 더 피워 앞가슴에 꽂고 있으라는 응원이란다. 동심 물씬 풍기는 상상력이다.

어린이는 묻혀 있는 상상력을 깨워 싹 틔우는 데 능하다. 비과학적인 맛나는 상상을 건져 올리는 특권도 가졌다. 그걸 키워 주는 밑거름이 이런 동시다. 2월의 양보로 봄이 잰걸음으로 왔다. 2월이 빨리 건네준 봄철을 우리는 누리기만 하면 된다. 가슴 뜰에 나를 꽃피우는 것이다. 3월 첫날, 꽃필 맘으로 나를 나답게 세우는 독립 선언을 하는 것도 의미가 크리라.

작은 약속

봄은 땅과 약속을 했다.
나무와도 약속을 했다.
그 약속을 지키기 위해
새싹을 틔웠다.
작은 열매를 위해
바람과 햇빛과도 손을 잡았다.
비 오는 날은
빗물과도 약속을 했다.
엄마가 내게 준 작은 약속처럼
뿌리까지 빗물이 스며들게 했다.
봄은 이렇게
작은 약속을 위해
가진 것을 모두 내어놓았다.

-노원호(1946~)

봄은 자연에 앞서 사람과 먼저 약속한 게 아니었을까. 비로 목마른 뿌리를 먹이며 훈훈한 바람과 따스한 햇살로 새싹을 깨워 열매 맺게 하는 것 말이다. 땅과 나무와 꽃, 비와도 한 약속이기도 하다. 지금 산과 들에는 엄청난 일들이 소리 없이 벌어졌다. 온 나무와 풀 들이 봄과 약속을 지키려고 잠을 털고 푸르게 일어났다. 실로 경이로운 사건이다. 봄은 약속을 한 번도 어긴 적 없다. 수억 년 이어지고 있다.

자연을 골똘히 바라보면 이런 게 사건으로 보인다. 시인은 사건을 '작은 약속'이라고 역설적으로 말했지만, 이는 우주의 근본이다. '약속'이란 말 이리도 엄중한 것이다. 약속을 지키려고 가진 것 다 내어놓은 봄. 봄의 약속 지킴은 결국 인간을 위한 것인데… 툭하면 어긋나는 우리의 약속은 부끄럽기만 하다.

새싹

봄비 그친
텃밭은
일학년 교실

햇살이 사알짝
스쳐만 가도

저요,
저요,
저요,

왁자하게
손 내미는
새싹
새싹들.

-공재동(1949~)

봄이 부쩍 자랐다. 텃밭엔 새싹들이 세상을 내다보러 뾰족뾰족 얼굴을 내밀었다. 귀요미들. 봄비가 불러냈다. 뭐라고 속삭였을까? 따스한 봄볕과 놀자 그랬나 보다. 복사꽃, 진달래꽃들 구경 가자고 했나 보다. 새싹들이 1학년 어린이처럼 '저요, 저요' 마구 손들고 나온 걸 보면. 새싹 돋은 텃밭 풍경이 왁자한 1학년 교실 같네. 새싹 하나 하나가 1학년 어린이를 닮았다.

봄이 텃밭에 펼쳐 놓은 풍경이 상큼하다. 돋은 새싹들을 1학년 어린이가 '저요, 저요, 저요' 하며 손을 든 모습에 비유한 동심적 표현이 절묘하다. 사물을 예사로이 보지 않는 날카로운 감각이다. 신선미와 생동감이 남실남실. 봄 만세, 가슴을 풍선처럼 부풀려 앙증맞은 새싹들과 눈을 맞추며, 가슴 들판을 연둣빛으로 물들여 볼까나. 파릇파릇 마음 싹도 눈을 뜨게.

나비

들길 위에 혼자 앉은
민들레.

그 옆에 또 혼자 앉은
제비꽃.

그것은
디딤돌.

나비 혼자
딛
고
가
는

봄의
디딤돌.

-이준관(1949~)

들길에 핀 민들레꽃과 제비꽃을 디딤돌이라니! 시인은 이렇게 엉뚱한(?) 상상을 하는 사람이다. 한 송이씩 혼자 앉아 있는 꽃들이 디딤돌 하나씩 놓여 있는 것 같고… 나비 한 마리가 민들레꽃 제비꽃에 겅중겅중 앉았다 간다, 디딤돌 딛고 가듯. 그래 디딤돌이야, 나비의 디딤돌. 봄도 건너는 디딤돌. 시인의 동심적 상상력은 이렇게 날아올랐으리라. '딛고 가는'을 한 자씩 늘어놓아 디딤돌이 눈에 선히 떠오르게 한 시인의 미적 감각도 도드라진다. 어릴 적 들길에서 민들레꽃 따라 팔랑팔랑 나비 뒤를 좇아 콩콩콩 뛰놀았던 색깔 고운 추억에 잠기게 하고, 사물의 아름다움에도 폭 젖게 한다. 아, 궁금한 게 있다. 왜 제목이 디딤돌이나 꽃이 아니고 나비일까? 나비를 이 무대의 주연이라고 보았겠지.

꽃 식당

봄이 차린
향긋한 식당
꽃잎 간판 내걸었다

풀밭에 민들레 식당
담장 높이 목련 식당
큰길 옆 개나리 식당,

꽃 식당마다
손님 끌기 한창
'꿀'
'꽃가루'
차림표 붙여 놓고.

벌 나비가 종일 들락날락
차려 내는 솜씨도
인심도 좋은 모양이다.

—김순영(1968~)

길거리는 물론 산과 들에도 식당이 들어찼다. 보이는 게 식당이다. 꽃 식당! 꽃나무 한 그루, 풀꽃 한 포기가 식당 한 채다. 민들레 식당, 목련 식당, 개나리 식당. 간판도 멋지다. 주인인 봄이 멋쟁이다. 식당엔 벌 나비와 사람들의 환호로 붐빈다. 벌은 붕붕, 나비는 나풀나풀, 사람들은 와와. 차림표는 '꿀' '꽃가루', 향기로 양념한 꽃음식이 푸짐하다. 인심도 넉넉하다. 향기롭고 정갈한 음식을 실컷 맛보는 벌 나비는 행복하겠다. 이 봄, 신장개업한 대자연의 식당을 찾아가 꽃음식 향기를 맘껏 즐기며 걱정덩어리를 내려놓는 것도 좋으리.

신발 · 2

봄이 길가 신발 가게에
노란 꽃 신발을 내놓았어요.

나비가 신어 보고
그냥 두고 갔어요.
벌이 신어 보고
그냥 두고 갔어요.

몇 날 며칠 놓여 있던
노란 꽃 신발

없어졌어요.

씨앗 몇 개
신발 값으로 남겨 놓고
신고 갔어요.

-정진숙(1954~)

꽃이 신발이란다! 나비와 벌이 신는. 봄이 꽃신발을 팔려고 길가 가게에 내어놓았단다. 신발값은 씨앗 몇 개란다. '에이, 거짓말.' 이런 말이 튀어나올 법도 한데 도리어 '아, 그렇구나.' 고개가 끄덕여진다. 그럴듯한 거짓말이어서다. 시적 상상이란 이런 거다. 과학적으로 치자면 새빨간 거짓말인데 정서적, 심적으론 딱 맞는다. 이게 시다.

어린이는 상상하기를 즐긴다. 신발이 '없어졌'다. 어린이에게 물어보자. 누가 가져갔는지. 새삼스레 답은 들을 것도 없다. 다 안다. 봄날 길가에 노란 꽃이 얼마 동안 피었는데, 나비와 벌이 날아들고, 꽃이 진 후에 보니, 씨앗이 맺힌 거다. 밋밋한 이야기가 시의 옷을 입으니 맛깔스러운 동화시로 바뀌었다. 요즘 길섶 풀들이 열매를 조롱조롱 달고 있다. 씨앗까지 꼬옥 품고. 기특해라.

쇠똥구리

알맞게 동글동글
예쁘게 동글동글

쇠똥구리는
쇠똥 먹고
쇠똥에 알 낳고
쇠똥 속에 살지.

쇠똥구리는 절대
똥을 더럽다고 안 하지
먹는 것이니 절대
장난도 안 치지.

–김숙분(1959~)

'이게 무슨 시야, 웬 똥 얘기를?' 할지도 모른다. 하지만 거꾸로 서서 뒷발로 있는 힘을 다해 쇠똥을 굴려 동글동글 집을 짓고 사는 쇠똥구리의 생활은 예사로운 게 아니다. 더군다나 쇠똥을 먹으며, 쇠똥에 알 낳고 사는 그 삶이란! 사람은 감히 상상하기도 어렵다. 경이롭다. 경이로움 자체다. 그래서 쇠똥구리는 이쁘다. 어린이 눈으로 보니 더더욱 그렇다.

우리 일상은 어떤가. 집이 크니 작으니, 밥맛이 좋으니 나쁘니, 잠자리가 불편하다느니… 헤아릴 수 없는 불만, 불평 속에 살아간다. '인간들아, 주렁주렁 달고 있는 욕심과 이기심, 아집을 좀 버려라. 집과 먹는 것 갖고는 제발 장난치지 마라.' 우리는 쇠똥구리에게서 이런 의미를 건지고 있다. 신은 그래서 똥집에 살아도 불평 않는 착한 쇠똥구리를 창조해 두었으리라.

네잎클로버

책갈피.

따분한
그 속에
나를 가두지 말아줘

제발!

-차영미(1961~)

책갈피에 예쁜 꽃잎이나 나뭇잎을 남몰래 끼워 두고 아름다움을 맛보는 건 비밀스러운 즐거움의 하나다. 꽃잎 나뭇잎을 넣은 책을 선물하며 정을 나누는 것 또한 소소한 기쁨인데. 그게 가두는 거란다. 따분한 일이란다. 띵하다, 뒷머리가. 무엇에 얻어맞은 듯한 충격이다. 미처 이런 생각은 못하고 즐기기에만 골몰했으니. 더구나 행운을 준다는 네잎클로버는 인기를 독차지, 책갈피마다 가두지 않았던가. 네잎클로버가 '제발!' 그러지 말아 달라고 빈다. 우린 별생각 없이 책갈피에 꽃잎, 풀잎을 가두곤 했구나.

자연은 그냥 두고 봐야지 가둬 놓고 보는 게 아니다. 무엇이든 속박은 옳지 않다. 작은 것일지라도 자연을 생각 없이 함부로 대하는 데 대한 일침이다. 인간은 자신의 이익, 기분에 따라 자연을 마구 다루지는 않았던가. 그런 행동은 따분함이다. 다섯 줄 시가 던지는 짧은 훈계다.

산딸기

애써 익힌
산딸기

산이
내밀자

집에 가던
1학년 다희도
5학년 상수도
책가방 내려놓는다.

숙제 걱정도
일찍 오라던
엄마 말도
다 내려놓는다.

-유미희(1963~)

이런, 딸기 때문에 너도 나도 책가방을 내려놓네. 안 그럴 수 없지. 빨갛게 익은 산딸기가 마구 군침을 돌게 하니까. 어느 시인이 산딸기를 숲속 불꽃이라고 했던가. 불꽃이 손짓하며 발걸음을 붙잡으니 가방을 내려놓을 수밖에. 까짓것 숙제 걱정도, 일찍 오라는 엄마 말도 잊어버리자. 시골 어린이는 학교를 오가다 달콤한 산딸기를 만난다. 부럽다. 산이 잘 익힌 딸기를 내밀며 먹으라고 하는 것이다. 시골 어린이는 이렇게 산의 대접을 받으며 자란다. 행복하겠다.

산기슭은 딸기를 맛나게 익히느라 바쁘겠다. 곧 그 딸기를 '먹어, 먹어' 하며 유혹할 것이다. 달콤한 유혹, 맑은 유혹. 어쩌다 우린 매연에 찌든 도시에서 이런 유혹도 한 번 받아 보지 못하고 아귀다툼하며 사는 것일까. 딸기가 무르익는 6월초, 산딸기 밭을 찾아가 그 붉은 유혹에 젖으며 근심과 괴로움을 삭혀도 볼 일이다.

누가 가르쳐 주었을까

비 오는 날
연잎에
빗물이 고이면
가질 수 없을 만큼
빗물이 고이면

고개 살짝 숙여
또르르 또르르
빗물을 흘려보내는 것을

누가 가르쳐 주었을까
가질 만큼 담는 것을.

–하청호(1943~)

불볕더위이지만 연꽃이 아름다운 철이다. 연꽃은 연꽃대로 곱지만 연잎은 지혜롭다. 비 오는 날, 오목한 잎에 감당하기 어려울 정도로 빗물이 고이면 마치 '덜어 내야겠군'하는 생각이나 한 듯 잎을 기울여 빗물을 또르르 굴려 내려 버린다. 고개를 살짝 숙이는 겸손함으로. 신기하다. 누가 그렇게 하라고 가르쳤을까. 가질 만큼만 지니는, 욕심 차리지 않는 마음을. 시인이 연잎에서 건져 올린 값진 의미다.

무더운 날, 부여 궁남지의 연꽃을 보러 갔다. 이 시를 떠올리며 유난히 넓고 큰 잎과 꽃을 응시하고 있는데 움찔, 욕심에 젖은 몸이 떨었다. '가졌으면 분수를 지켜. 좀 나눠 줄 줄도 알고…' 무더위인데 맘이 서늘해졌다. 자연의 가르침은 도처에 널려 있다. 눈 맑게 뜨고 있으면 그게 읽힌다. 연잎이 한 수를 가르쳐 주었다.

모범 공장을 찾아라

시끄러운 소리
-없어요

오염물질
-없어요

굴뚝의 매연
-없어요

무슨 공장이죠?
-숲속 나무들의 광합성 공장

-배정순(1963~)

야, 지구상에 이렇게 좋은 공장도 있구나, 인간 세상에는 없는. 동심의 눈으로 퀴즈 풀듯 찾아낸 푸르른 광합성 공장. 햇빛을 이용, 이산화탄소를 주원료로 영양분을 만드는 이파리의 초록 공장. 나무마다 파릇파릇 가동되고 있다. 이 공장에서 만든 영양분은 가지를 불리고, 키를 높여 하늘을 받든다. 열매를 익혀 사람과 새들에게 '먹어 먹어', 공짜로 준다.

소음, 오염물질, 매연을 내뿜지 않고 돌아가는 나무들 공장은 정갈하다. '없어요'를 세 번이나 되풀이, 강조했다. 사람에게 해로움은 눈곱만큼도 없다. 나무들 공장이 빽빽한 공단 숲속을 찾아가 보라. 사람에게 해로운 이산화탄소는 다 들이마셔 버리고 맑은 산소만 보따리 보따리 챙겨 준다. 자연을 오염시키는 인간의 공장은 나무에게 절하며 배워야 하리.

수태골에서

날도래야
강도래야
미안해
난 너희들이 사는 줄 몰랐어.

각다귀야
깔다귀야
미안해
난 너희들의 집인 줄 몰랐어
정말 미안해.

이사 가지 말고
여기에 그냥 살아
비누로 손 안 씻을게.

-안영선(1950~)

무더위가 슬슬 쌓이는 철이다. 계곡은 시원한 물과 그늘을 벌써 마련해 놓고 사람들을 기다리고 있다. 미세먼지로 신경이 곤두선 사람들이 계곡을 찾아가 물장구치며 동심에 젖기도 하고, 마음에 끼인 때도 씻어 낼 것이다. 그러기 전에 할일이 있다. 환경을 오염시키던 손을 씻어야 한다. '미안해, 미안해, 정말 미안해' 하며 계곡에서 비누로 손 씻는 '마음의 손'을 씻어야 하리. 그래야 물이 맑고 깨끗한 얼굴로 반길 것이다. 날도래, 강도래, 각다귀, 깔다귀 들의 집도 더럽히지 말아야 한다. 그들이 이사 가 버리면 골짝물의 얼굴이 어두워져, 맑은 표정으로 반겨 줄 수 없을 것이니.

땅과 바다

동해안으로 차를 타고 가다 보면
땅과 바다가 서로
사랑하고 있다는 걸
볼 수 있다.

어떤 데서는
바다가 땅을 안고 있고
어떤 데서는
땅이 바다를 안고 있다.

-최춘해(1932~)

땅과 바다도 사랑을 하는구나. 바닷가에 가보면 땅과 바다가 온몸으로 얼싸안고 있다. 시인은 동해에서 그 사랑을 눈여겨보았다. 해안선을 따라가다 보면 어떤 데서는 바다가 땅을 으스러져라, 어떤 데서는 땅이 바다를 은근히 안고 있는 풍경을 본다. 그 푸르른 사랑이란! 엄마와 아이가, 아빠와 아이가 안고 있을 때의 모습과 닮았다.

땅이 후끈 달아오르면 휴가철이 무르익는다. 바다가 부른다. 바다에 가면 땅과 바다의 사랑을 확인해 보는 것도 좋겠다. 또 그 멋진 경관의 일부가 되어 보는 것도 좋으리. 어린이와 함께. 좋은 경치에만 빠져 있을 게 아니라 사물이 품고 있는 의미를 읽는 것도 의미 있는 일이리. '어린이에게 너무 어려운 동시가 아닐까?' 걱정 놓아도 좋다. 마음 높이를 가진 어린이라면 이 정도 깊이의 시 읽기는 즐기니까.

가로수

어깨를 두드린다 아는 체하며
돌아보니 살며시 등을 기대는 가로수
'쉬었다 가렴'
푸른 물소리로 말을 건넨다.
그렇구나
숱하게 이 길을 오갈 때마다
나무는 나에게 눈길을 주고 있었구나
등으로 내게 눈길을 주고 있었구나
등으로 전해지는 푸른 물소리
하늘엔 땡볕이 타고 있는데
기다리고 있었구나 나무는
푸르게 그늘을 만들며.

-김재수(1947~)

땀이 줄줄 흐른다. 가로수 그늘로 들어가 나무 등에 기댄다. '그래, 잘 쉬었다 가.' 나무 목소리가 들리는 듯. 더위가 주저앉는다. 누그러진다. 푸른 물소리처럼 시원하구나. 고맙게도 길을 숱하게 오갈 때 가로수는 들어와 등을 기대고 쉬라는 눈길로 바라보고 있었구나. 이글거리는 불볕에도 푸른 그늘을 지으며 기다린 줄을 몰랐다. 푸른 물소리처럼 시원한 그늘!

나무는 의미 없이 살지 않는다. 자신을 성장시키며 그늘을 넓히고, 가지를 늘린다. 그늘엔 사람을 품고, 가지엔 새들 노래를 앉힌다. 하지만 도시는 나무를 보기 좋게 가꾼다는 미명 하에 학대한다. 가지를 뻗어 나가지 못하게 마구 자른다. 자유롭게 자랄 나무의 자유를 빼앗는다. 자유를 뺏긴 가로수는 하나같이 옛날 아이스께끼를 땅에 꽂아 놓은 것 같은 우스꽝스러운 모습이다. 이건 가꿈이 아니고 학대다. 학대받아 그늘도 가난한 도시 가로수, 불쌍하다.

하품

내 입속에
나보다 더
입이 큰 놈이 하나 있다.

아함-
봐라.

-한상순(1958~)

독자 여러분, 수수께끼 하나 내어 볼까요? 문제: 내 입 속에 사는데 나보다 입이 큰 놈은 누구일까요? 힌트: 1.'아함-' 소리 내는 놈. 2.나보다 더 입 큰 놈 있으면 '봐라' 자랑하는 놈. 이제 정답을 써 보세요. 정답=(   ). 어려우면 시인에게 전화해 물어봐도 됩니다. 아, 제게 해도 좋습니다. 그런데 전화번호는 비밀입니다, 하하. 무더위에 무슨 하품 나는 얘기냐고요? 웃자고 한 겁니다.

더위가 들끓는 요즘은 자칫 짜증 나기 쉽다. 이럴 때 웃어 보라는 유머 시이다. 유머는 웃음으로 마음 여유의 터를 넓힌다. 하하, 하품 한 번 크게 했네. 시를 읽으며 씨익 웃어 보니 기분이 부드러워지네. 웃음은 피로한 심신을 식히며, 일상의 답답함을 열어 준다. 찌든 생활도 기지개 켜게 한다. '아함-' 크게 하품하고 기지개를 쫙 켜 보니 마음이 한결 가벼워지네. 이 시의 재미가 이런 데 있다.

도토리

고놈이 고놈 같다고
도토리 키 재기라 하지만

우리는 처음부터
키를 키우는 것보다

볼록볼록
속을 채웠다고요.

-박승우(1961~)

잘 영근 통통한 도토리, 갈색 윤기에 매끌매끌한 도토리, 귀엽고 앙증맞고 사랑스럽기까지 하다. 이런 도토리를 키로만 말하다니. 도토리는 '처음부터 / 키를 키우는 것보다 // 볼록볼록 / 속을 채웠'는데! 이 구절에서 깜짝 놀란다. 지나쳐 본 도토리에서 이런 의미를 꺼내 걸었으니. '도토리 키 재기'란 속담을 역설적으로 해석, 외모에 휘둘리는 경향을 맘 상하지 않게 꼬집은 유머 넘치는 시이다.

며칠 전 서오릉에 갔더니 아직은 새파란 도토리들이 뜨거운 햇볕을 열심히 쬐고 있었다. 알은 벌써 다 굵어 보였다. 사람들이 덥다고 난리 피우는 동안 도토리들은 더위에도 아랑곳하지 않고 속을 채웠던 것이다. 속 찬 배추, 속 찬 사람, 흔히 듣는 말이다. 속이란 무엇일까. 내면의 충실함을 이르는 말일 게다. 다시 가을이 올 것이다. 도토리처럼 우리도 속 채우기에 신경을 좀 쓸 일이다.

바지랑대 끝

잠자리야

잠자리야

여기가

바로

너의

잠자리였구나.

—안도현(1961~)

바지랑대 주인은 누구일까. 아, 잠자리였구나. 아무도 바지랑대 끝이 잠자리의 잠자리라는 걸 알아채지 못했다. 잠자리도 숨기고(?) 있었는데, 그만 시인에게 들키고 말았다. 가을 어느 날 빨간 고추잠자리들이 헬리콥터처럼 하늘을 날아다니는 광경이 시인의 눈 카메라에 쏘옥 들어왔다. 날아다니다가 꼭 바지랑대 끝에 내려앉아 꼼짝 않고 있는 모습이 찰칵 찍혔다. '뭘 하고 있는 걸까? 아, 잠을 자고 있는 거다. 바지랑대 끝은 잠자리의 잠자리구나'. 시인의 눈은 마침내 잠자리의 잠자리를 읽어 냈다. 시인의 눈은 사물의 의미를 새로이 읽고, 새기고, 캐는 것이 의무이다. 여섯 줄에 동심의 눈이 또록또록하다. 가파른 잠자리에서도 아름답게 자는 잠자리야. 어릴 때 바지랑대 끝의 너를 잡으려고 살금살금 다가가던 내가 문득 머리를 열고 뛰어나오는구나.

달

우주로 나가는
동그란 문.

활짝!
여는 데
보름 걸리고

꽉!
닫는 데
보름 걸리고.

우주,
얼마나 크기에?

-김미라(1962~)

어? 별생각 없이 쳐다보던 달이 문득 달리 보였다. 하늘에 뻥 뚫린 구멍으로, 동그란 문으로! 달=문, 뜻밖의 상상 아닌가. 활짝 열리는 데 보름 걸리고, 꼭 닫히는 데 보름 걸리는 문. 어디론가 향한 문 같다. 문을 열고 나가면? 생각이 꼬리를 물다가 우주에 닿았다. 커다란 문을 열어젖히면 드넓은 우주가 펼쳐질 거야. 어린이의 가슴 항아리는 상상력 넘치는 동심으로 가득 차 있다.

그믐달에서 보름달로, 보름달에서 그믐달로 돌아가는 놀라운 변신 광경은 한바탕 우주 쇼다. 달은 지름이 3,474km나 되는 거대한 문이다. 우주는 상상할 수 없으리만치 광활하여 1969년 인간은 달에 가서 우주의 문을 두드려 보았지만 아직 아득하다. 달은 우주와 소통하고, 사람은 달과 소통한다. 대보름에는 어린이와 손잡고 달문으로 들어가 우주와 속삭여 보는 게 어떨까.

가을은

꽃이
예쁘지 않는 일은 없다.
열매가
소중하지 않는 일도 없다.

하나의 열매를 위하여
열 개의 꽃잎이 힘을 모으고
스무 개의 잎사귀들은
응원을 보내고

그런 다음에야
가을은
우리 눈에 보이면서
여물어 간다.

가을이
몸조심하는 것은
열매 때문이다

소중한 씨앗을 품었기 때문이다.

—정두리 (1947~)

가을이 몸조심을 한다고? 단풍이 아름답기만 한데 무슨 몸조심? 아니야, 몸조심해야지. 씨앗을 품었으니까. 어머니도 우리를 뱃속에 품었을 때 얼마나 조심했다고. 가을은 어머니 같구나. 그렇고말고. 소중한 열매를 품고 있으니.

열매를 위한 꽃의 보살핌은 살뜰하다. 꽃잎은 힘을 모으게, 잎사귀는 응원하게 했다. 새콤달콤한 상상력이다. '열 개, 스무 개'는 여럿이 나섰음을 뒷받침하는 시어로 맛깔스럽다. 그렇게 열매가 영그는구나. 가을이 여무는구나. 가을은 이렇게 우리 눈에 존재감을 드러낸다. 뚜렷한 존재감은 혼신의 노력 뒤편에 서 있다.

겨울 몸무게

애써 키운 것도
나눠 주고 나니,

몸무게 가벼운 풀
몸무게 가벼운 들판
몸무게 가벼운 나무

겨울은 몸무게가
가볍다.

–우점임(1955~)

겨울도 몸무게가 있다고? 처음 들어 보는 말이네. 겨울은 몸무게가 가볍다고? 겨울 몸무게, 참 엉뚱한 생각이네. 눈과 얼음으로 무거워질 텐데? 겨울이 풀, 나무가 키운 열매를 다 나눠 주자 몸무게가 가벼워졌다. 그걸 품고 있던 들판도 따라서 몸무게가 줄었다. 그러니 겨울 몸무게가 가볍지. '가볍다'라는 말에는 나눔으로 욕심을 털어 내 홀가분해진 맘도 숨어 있다. 동심적 상상이 만들어 낸 시이다.

동심적 상상력의 특성은 엉뚱함을 품고 있다. 어린이 말을 듣다 보면 엉뚱함에 깜짝 놀라기도 하고 신선함을 느끼기도 한다. 역사상 손꼽히는 엉뚱한 사람으로 에디슨이 있다. 그는 어릴 때 엉뚱한 질문으로 선생님을 괴롭혔다. 엉뚱함은 창의력도 품고 있다. 에디슨의 엉뚱함은 창의력으로 연결돼 수많은 발명품을 낳게 했다. 시 읽기는 창의성도 기르는 거름이다.

첫눈

첫눈은 첫눈이라 연습 삼아 쬐끔 온다
낙엽도 다 지기 전 연습 삼아 쬐끔 온다
머잖아 함박눈이다 알리면서 쬐끔 온다

벌레 알 잠들어라 씨앗도 잠들어라
춥기 전 겨울옷도 김장도 준비해야지
그 소식 미리 알리려 첫눈은 서너 송이

–신현득(1933~)

야, 첫눈은 연습하느라 '쬐끔'만 온단다. 낙엽도 다 지기 전 연습 삼아 조금만 내린단다. 연습으로 내리는 게 첫눈이라는 상상을 어떻게 했을까! 얼마나 앙증맞은 상상인가. 첫눈은 왜 쬐끔만 내릴까? 머잖아 함박눈 내리고, 추위가 닥칠 테니 벌레 알들과 씨앗들 잠들어라, 알리려고. 겨울옷도 준비하고 김장을 서두르라는 신호로 내린단다. 딱 서너 송이! 자연의 하얀 불꽃 신호이다.

해마다 첫눈이 내리면, 우리 귓바퀴에 첫눈의 속삭임이 맴돌기 시작한다. 별 꾸밈없는 소박한 동시조이나, 결코 쉽게 쓴 작품은 아니다. 쉬운 시 쓰기가 가장 어렵다. 쉬우면서 감동을 주는 시가 진짜 시이다. 동시의 의미가 이런 데 있다. 마당에 흩날릴 서너 송이의 첫눈은 어느 해 겨울이든 기다려진다.

겨울나무

넌
해낼 줄 알았어!

모진 찬바람에도
꿋꿋이 서 있는 네 모습은
추워 보이기는커녕
오히려 당당해 보이던 걸.

왜 그랬는지
이제야 알겠어

솜털처럼
여린 꽃눈!
네가 품은
그 꽃눈 때문이란 걸.

-박영애(1971~)

찬바람도 세차서 매섭게 추운 날이었을 게다. 시인은 앙상한 나무를 바라보며 생각의 두레박질을 하고 있다. 나무는 추위에도 웅크림이 없구나. 오히려 꼿꼿하네. 어쩌면 저럴까? 알겠다. 여린 꽃눈을 품고 있어서다. 꽃망울 하나라도 떨지 않게 하려고. 신경을 곤두세우고, 꽃눈에다 잔뜩 힘을 주고 있을 거야. 겉으론 태연하고 당당해 보이지만. 약한 모습을 보여선 안 되지. 어린 것들이 거친 추위의 강을 무사히 건너게 하려면… 그러니까 '넌 / 해낼 줄 알았어!' 시인이 풀어낸 한 가닥씩의 생각이다. 모든 동식물의 새끼 보호 본능은 눈물겹고도 경이롭다. 겨울아, 이런 나무에겐 눈보라의 가혹함을 조금이라도 에누리해다오.

눈 위를 걸어 봐

온 세상이 새하얀
눈 위를 걸어 봐

똑바로 똑바로 걸었는데도
뒤돌아보면
내가 온 발자국은
활이 되었다

참 이상하다
분명 똑바로 걸어왔는데?

아빠는 웃으면서 말씀하셨다
"그 봐라,
네 생각이 모두 바른 것 같지만
눈 위의 발자국과 같은 거란다."

-엄기원(1937~)

정신이 번쩍 든다. 내 생각이 다 바르다고 여겼는데, 똑바로 걸었다고 생각하며 살아왔는데, 눈길을 걸어 보니 그게 아니네! 눈 위의 활처럼 휜 발자국을 보니. 분명 바르게 생각하며 걸어왔다고 자신했는데, 옳다고 믿은 생각의 손을 잡고 걸은 길이 이리도 굽어 있다니. 깜짝 놀라게 한다. 그렇구나. 내 생각만 빳빳이 내세우는 건 위험하구나. 새삼스럽지만 지금부터 걷는 걸음엔 생각의 발자국을 제대로 놓아야겠다. 시인이 던진 '눈밭의 경고'를 어린이는 어떻게 받아들일까? 아마 크게 놀라지 않을 것 같다. 아직은 비딱하게 살아온 일이 없을 테니까. 어린이 앞날에 고운 무지개를 깔아 주려는 시인의 마음이 도드라져 보인다.

겨울새 · 26

하늘을 나는
새를 봐.

질서 공부
끝!

–윤삼현(1953~)

AI 즉 조류인플루엔자 때문에 겨울철새의 인기는 하락했다. 주남저수지와 순천만, 시화호 등 철새 마을은 철새를 보려고 몰려든 이들로 얼마나 붐볐던가. 그랬던 것이 조류인플루엔자를 철새가 옮긴다는 소문에 그만 사람들은 부들부들 떨면서 발길을 끊어 버렸다. 아, 인기란 얼마나 허무한 것인가. 인기도 독감에 걸린다면 그 근처에 안 갈 것이다. 하하!

철새들의 춤, 그 장관의 군무에도 질서가 있다는 걸 어린이들은 본다. 어린이 시선이 어른보다 낫다. 고니, 기러기, 두루미, 백조 등 우리나라에서 겨울을 보내는 겨울새들의 춤이 없다면 겨울 하늘이 얼마나 쓸쓸할까. 그들은 리더를 따라 약속처럼 줄지어 하늘길을 난다. 일사불란한 질서. '질서 공부 / 끝!'이다. 이런 동심이 콕 박혀 시가 보석처럼 빛난다.

요즘 겨울새들도 우리 땅을 내려다보며 이 나라 질서에 문제가 생긴 것을 알고 "질서 공부 좀 해"라고 할지 모른다. 우리는 신호등 잘 지켜 길 건너고 운전한 일을 이제 자랑스레 여겨도 좋을 것이다. 딱 넉 줄의 시가 전하는 메시지다.

편지

누나!
이 겨울에도
눈이 가득히 왔습니다.

흰 봉투에
눈을 한 줌 넣고
글씨도 쓰지 말고
우표도 붙이지 말고
말쑥하게 그대로
편지를 부칠까요?

누나 가신 나라엔
눈이 아니 온다기에.

-윤동주(1917~1945)

세상에는 없는, 시에서나 존재하는 편지. 민족시인 윤동주가 쓴 시 편지이다. 글씨 대신 눈만 한 줌 넣은 사연의 '편지', 윤동주가 어린이에게 남긴 30여 편의 동시 선물 중 한 편이다. 어린이처럼 맑은 심성을 지녔기에 이런 동심의 '편지'를 쓸 수 있었던 윤동주. 2017년은 그의 탄생 백 주년이었다. 그에게 우표를 붙이지 않은 말쑥한 '눈 편지'를 보내고 싶다.

윤동주는 누나를 몹시도 그리워했다. 얼마나 절절한 그리움인가. 눈 안 오는 나라로 갔으니 눈이 무척 보고 싶을 거야, 봉투에라도 담아 보내고 싶을 정도다. 우린 윤동주를 그리워한다. 이런 아름다운 시인을 가졌다는 건 큰 자랑거리이다.

일본이 죽인 윤동주, 역설적이게도 많은 일본인이 윤동주를 사랑한다. 시의 힘이다. 정지용 시인은 '일적日賊에게 살을 내던지고 뼈를 차지'했다고 1947년 12월에 윤동주의 유고 시집에다 썼다. 서울 자하문 언덕의 '윤동주 문학관'을 한번 더 다녀와야겠다.

3부

/

“하늘 고칩니다”

하늘 고치는 할아버지

우산 할아버지 노점에
써 놓은 글씨
'하늘 고칩니다.'

비 새는 하늘
찢어진 하늘
살 부러진 하늘
말끔하게 고칩니다.

머리 위
고장 난 하늘
모두 고칩니다.

-최 진(1961~)

어릴 적, 장마철에 비가 억수같이 쏟아지면 어른들이 걱정했다. "하늘에 구멍이 났나?" 이 할아버지가 써 붙인 '하늘 고칩니다.'라는 문구도 이런 말에서 힌트를 얻은 것일까? 비 새고, 찢어지고, 살 부러진 우산을 '고장 난 하늘'이란다. 망가진 우산 수리는 '머리 위 / 고장 난 하늘'을 고치는 것이고. 참 시적이다. 우산 수리 할아버지가 시인이다. 최진 시인은 이 할아버지에게 '하늘 고칩니다'라는 시구 이용료를 내야겠다, 하하.

봄비가 곱게 내리는 날이면 동요 '우산'이 입가에 핀다. '이슬비 내리는 이른 아침에 / 우산 셋이 나란히 걸어갑니다 / 파란우산 깜장우산 찢어진 우산 / 좁다란 학교 길에 우산 세 개가 / 이마를 마주 대고 걸어갑니다' 정겨운 풍경이다. 일상에서 건져 올린 시 한 편이 비 오는 날도 기분 좋게 한다. 우산이 고장 나면 이 할아버지에게 가서 고치고 싶다.

단추

오른쪽 옷깃
왼쪽 옷깃
따스한 마음 나누라고

하나
둘
셋
넷

징검다리 놓았다.

-우남희(1962~)

단추가 징검다리라니! 깜짝 놀란다. 즐겁게 놀란다. 즐거운 놀람이다. 옷에 달린 단추들을 내려다본다. 하나, 둘, 셋, 넷, 단추가 아래로 나란히 달려 있다. 징검돌 놓인 것처럼. 그래 맞아, 단추는 옷의 징검돌이야. 오른쪽 왼쪽 옷깃이 징검돌 딛고 만나 포옹하며 '따스한 마음 나누'는 거지. 사람도 그렇게 살아가라는 것이지.

어른들은 '첫 단추를 제대로 끼워라' 뭐 이런 경고나 할 줄 알았지 단추를 징검돌로 놓아 보지는 못했지. '단추'에는 둘레 사물을 좀 미적인 눈으로 보라는 의미도 들어 있지. 사물을 아름다운 시선으로 보면 가슴도 아름답게 물들지. 의미도 새롭게 풍선처럼 둥실 떠오르고… '단추'는 이런 속말을 하고 싶은 거다. 옷깃을 단정히 여며 주는 고마운 단추.

고양이 의자

바닷가에서
아파트 모퉁이로 옮겨진
시무룩한 돌

얼룩덜룩 길고양이의
졸음을 앉힙니다
가릉가릉 가쁜 숨소리도 앉힙니다.

파도 소리 대신
길고양이의 가난함을 앉히는
의자가 되었습니다.

–조영수(1959~)

고양이도 의자가 있다고? 아, 있네. 돌 한 덩이가 의자네. 그냥 돌이 아니고 '시무룩한 돌'. 파도 소리 좋은 바닷가 마을에서 아파트 모퉁이로 강제 이사 당한 돌이니 시무룩할 수밖에. 그렇다고 시무룩해 있을 수만은 없지. 졸음에 쫓기는 길고양이를 불러 무릎에 달랑 앉혀 준다. 졸음을 앉힌 의자. 이내 가릉가릉 가쁜 숨을 내쉬며 잠드는 고양이. 힘든 숨소리도 받아 앉히는 의자. 돌은 이제 시무룩하지 않다. 시무룩함 자리에 가난한 길고양이를 앉혔으니. 가난도 품어 준 돌의자.

많은 길고양이는 가끔 사회문제가 되기도 한다. 동심은 길고양이를 따듯하게 바라보는 시선과 길고양이를 쓰다듬어 주는 부드러운 손길이 불어나게 해 그런 문제를 뒤로 접어두게 하리라. 모퉁이돌의 쓸쓸함과 길고양이의 가난이 어깨동무해 서로가 따듯하다.

내 옆에 있는 말

아빠 차는 토스카
할아버지 차는 그랜저
큰고모 차는 에스엠 파이브
작은고모 차는 마티즈

이름들이 어렵다
멀리 있는 말이다.

혼자서 바꿔 보는 자동차 이름들
아빠 차는 인형
할아버지 차는 그네
큰고모 차는 장군이
작은고모 차는 호랑이

이름들이 쉽다
내 옆에 있는 말이다.

-김옥애(1946~)

말이 옆에 있다니, 무슨 뜻인가. 이름들을 불러 보자. 제비꽃, 복사꽃, 민들레, 다람쥐, 백두산, 딸기, 대추나무. 가깝고 정겹게 느껴진다. 부르기 좋고 친근한 이름은 금방 곁에 다가와 앉는다.

토스카, 그랜저와 같은 말은 어렵고 낯설다. 부르기에도 어색하다. 나와 멀리 떨어져 앉은 말 같다. 어린이는 자동차 이름을 인형, 그네, 장군이, 호랑이 같은 쉬운 말로 바꿔 본다. 멀게 느껴지던 자동차 이름이 기분 좋게 둥실 떠올라 옆에 다가앉는다. 세상을 천진하게 바라보는 어린이 방식은 이렇다.

요즘 우리 곁엔 낯선 말이 널렸다. 방송과 신문에서 외국어를 너무도 함부로 써서, 한글이 그만 멀어진 이웃처럼 서먹한 표정이다. 외국어로 깁은 누더기 말옷을 어린이에게 자꾸 입히면 말은 물론 마음까지도 혼탁해진다. 어린이를 더럽히지 말자.

너무 많은 걸 넘겨주었다

"마을버스 몇 분에 오나 검색해 봐."
친구 말에
휴대전화 잃어버렸다는 걸 알게 되었다

어떡하지?
엄마 번호가 생각나지 않는다
단축번호 1번인데…
아빠 번호는 뭐더라?

외우는 번호가 없다

휴대전화에 너무 많은 걸 넘겨주었다.

–서금복(1959~)

휴대전화에 경배하기! 지하철 안에서 흔히 보는 풍경이다. 대다수가 머리를 숙이고 휴대전화에게 고개를 끄덕끄덕하는 광경 말이다. 그래 맞아, '휴대전화에 너무 많은 걸 넘겨주었'어. 그러니 경배할 밖에. 머리와 가슴에 간직해야 할 소중한 것까지 휴대전화에 주어 버렸다. 그래 놓곤 쩔쩔맨다. 편리함 끝에도 몸 떨릴 일 있다.

앞으로 인간은 기계에 마음까지 넘겨 버리고 멍해질지도 모른다. 이미 인간을 넘어섰다는 AI(인공지능)가 시, 소설도 쓰고 작곡까지 한다지 않는가. 스마트폰이 거기까지 팔을 뻗을 날도 멀지 않은 듯. 괜찮아, 감정까진 못 가질 거야. 아닌데? 엄마, 아빠 전화번호를 모르는 걸 봐. 부모 대하는 마음이 엷어져 그래. 어릴 때부터 그러면 쓰나. 경고!

참 오래 걸렸다

가던 길
잠시 멈추는 것
어려운 게 아닌데

잠시
발밑 보는 것
시간 걸리는 게 아닌데

우리 집
마당에 자라는
애기똥풀 알아보는 데
아홉 해 걸렸다.

–박희순(1963~)

정신 좀 차리며 살아라. 잠깐만! 가던 길 잠시 멈추고 주위를 둘러보고, 나를 들여다보는 시간을 가져라. 발밑에 웅덩이 놓였는지 살피며 걸어라. 이런 명령을 품은 듯한 시이다. 시간 걸리는 일 아닌데 바삐 사느라, 노란 꽃등불 켜 마당 귀퉁이 어둠을 빠끔 밝혀 주던 애기똥풀꽃을 해마다 지나쳤다. 무정도 해라. 그게 9년! '애기똥풀' 이름 넉 자 알아보는 데 무려 아홉 해 걸렸다니. '등잔 밑이 어둡다'.

요즘 어린이들도 어른 못지않게 바쁘다. 학교 공부를 마치면 학원을 서너 군데나 돌아 밤중에 귀가하는 어린이도 있다. 심하다. 이건 공부가 아니라 뺑뺑이 돌리기다. 어린이 시간도 자유에 목마르다. 왔다 갔다 하다가 올해도 훌쩍 가 버릴 것이다. 세월도 사람만큼 바쁘다. 숨 돌려 나무와 풀, 열매들에게도 눈길 건네자. 그건 나를 밝히는 눈길이다.

슬픈 어느 날

울음을 참으려고
애를 썼지만

별님이
먼저 알고
눈물이 글썽.

슬픔을 잊으려고
애를 썼지만

달님이
먼저 알고
수심이 가득.

-박지현(1943~)

어린이는 고통이나 슬픔 같은 감정은 모른다고? 아니다. 그렇게 보일 뿐이다. 어린이는 그런 감정이 몰려와도 내색을 않거나 못한다. 어느 날, 큰 꾸중을 들었을까, 매를 맞았을까. 어린이는 울음이 터져 나왔다. 고통스러운 마음이 울음을 밀어 올렸다. 감정을 다스리기 어렵다. 혼자 견뎌 내려고 창가로 간다. 오, 별빛 달빛이 먼저 아픈 마음을 읽고 어루만져 주네. 별은 눈물을 글썽거리고, 달은 걱정스러운 얼굴로 내려다보며. 그렇다. 슬플 땐 무얼 봐도 슬퍼 보인다. 감정에 따라 사물도 다른 얼굴을 한다.

혹자는 이런 작품도 동시냐고 하겠지만, 어린이에게 예쁘고 착한 시만 들이대는 것도 바람직하지 않다. 어린이 아픔도 보듬어 줄 줄 아는 시도 있어야 한다. 이 시를 읽고 '나도 그런 적 있었어' 하며 위로받을 어린이도 있을 것이다.

별똥

별똥 떨어진 곳,
마음에 두었다
다음 날 가 보려,
벼르다 벼르다
인젠 다 자랐오.

–정지용(1902~1950)

어릴 적 여름밤이면 마당에 모깃불을 피우고 멍석에 드러누워 별 하나 나 하나 별들을 세다가, 별똥이 하늘에 하얀 금을 그으며 떨어지는 신비한 광경에 몸을 떨었다. 멀지 않은 앞산 기슭에 떨어진 것 같아 다음날 그걸 줍겠다고 달려갔다가 헛걸음을 한 게 한두 번이 아니었다. 옛 어린이들에겐 별똥 떨어지는 곳은 가 보아야 할 아련한 미지의 세계였다.

별똥 떨어진 곳을 마음에 새겨 두고 언젠가는 가 보리라 벼르다 그만 어른이 되고 말았다. 안타까워라. 성장해 버린 어른에겐 더이상 어린시절의 파릇한 정감은 없다. 요즈음은 별똥별이 떨어지면 어려운 우주 천체 원리나 은하계 이론을 들며 설명하기 바쁜 세상이다. 어린이들 가슴엔 늘 비과학적인 꿈의 하늘이 열려 있게 해 주었으면. 다 자라서도 꿈 기슭에서 놀게. 정지용이 문학 활동 초기인, 1930년에 쓴 이 시는 태어난 지 89년이나 돼 별똥만큼 아련하지만 파릇하긴 여전하다.

배추흰나비

너도
아기였을 때

초록 배춧잎에
송송 구멍을 낸
못 말릴 애벌레였단다.

-오순택(1942~)

오호, 그렇군. 우아한 날개와 몸매로 아름다운 비행을 하는 배추흰나비도 애벌레였을 땐 못 말릴 말썽꾸러기였구나. 사람도 '못 말릴 애벌레' 시절을 거쳤다. 아기였을 땐 배춧잎에 구멍 송송 낸 애벌레 같았다. 그런데도 그걸 망각하고 처음부터 자기가 잘나서 모든 걸 이룬 것처럼 으스대며 살아간다. 개구리 올챙이였을 때를 생각지 못하듯, 말썽꾸러기였던 애벌레 시절을 잊은 배추흰나비처럼. 겸허하게 자기를 좀 낮추고 지낼 일이다. 가끔은 기억의 창고에서 배추흰나비를 꺼내 날려 본다면 가치 있는 삶을 익히는 데 도움이 되리라. 지난 날들을 되짚어 보며 가슴 찔리게 스스로를 성찰을 할 때이다. 이제 남은 날들을 녹슬지 않게 닦고, 오는 날을 환하게 맞이해야겠다.

파마머리 돌부처

미술관 뒤뜰에 돌부처
수십 마리 달팽이 기어가는 것 같은
동글동글 파마머리

옛날에도 남자가 파마했을까?
그게 쑥스러워 미소 띠고 있을까?
그래서 꼼짝 않고 앉아 있을까?

하루 꼬박 곁에 앉아
말동무 해 주면
꼬불꼬불 말아둔 비밀
살살 풀어줄지도 몰라.

-하지혜(1964~)

하하하하하하, 웃음이 너무 길었나? 웃음이 절로 나오게 하는 시이다. '수십 마리 달팽이 기어가는 것 같은 / 동글동글 파마머리'. 부처 머리가 파마머리라니! 생전 처음 듣는 말이다. 어린이 눈으로 보면 파마머리다. 동심의 시선은 색다르다. 부처 머리를 왜 파마머리로 만들었을까? 호기심 많은 어린이를 기분 좋게 자극한다. 그냥 지나치기 어렵다. 옛날엔 남자도 파마했나? 파마머리가 쑥스러워서 웃나? 너무도 궁금하다. '하루 꼬박 곁에 앉아 / 말동무 해 주면 / 꼬불꼬불 말아둔 비밀 / 살살 풀어줄지도 몰라'…. 앗, '부처님 오신 날' 무슨 불경스러운 이야기인가. 하지만 부처님은 이해해 주실 거다. 너그러운 분이니까, 그리고 생일날이니까. 그렇지요? 부처님!

어린이

바다로 나가려고

몸살하는

바구니에 담아 놓은 꽃게들.

—이정석(1955~)

"가만히 좀 있어." 이런 말은 어린이가 아주 듣기 싫어한다. 어린이를 가둬 몸살 나게 하는 말이다. 맘껏 뛰놀고 싶은 건 어린이 근본 생리이다. 권리이다. 어린이는 뛰노는 게 자라는 것이니까. 방에 쭈그리고 앉아 있는 어린이는 어딘가 병들었다.

바구니에 담아 놓은 꽃게들이 밖으로 나가려고 바동댄다. 자유로이 기어다니던 게가 갯벌로 가고 싶어 발버둥하는 건 너무도 당연하다. 잠시도 가만히 있지 못하는 어린이 모습을 닮았다. 단 석 줄에 어린이의 특성이 극명하게 떠오른다.

어린이를 놓아 주자. 게처럼 속박의 바구니에 담아 두어서는 안 된다. 그렇게 되지도 않는다. 드넓은 세계로 헤엄쳐 나가 꿈을 이루게 간섭을 던져 버리자. 방정환 선생이 인격 높임말인 '어린이'를 거의 100년 전에 만들어 놓았는데, 아직도 어린이를 낮추는 듯한 '아이'로 부른다. 어린이를 높여 불러 주는 게 맞다.

어부바

봄에는
개구리가 개구리를
업고 있더니,

가을 되니
메뚜기가
메뚜기를 업고 있다.

우리 동네 마트처럼
논에도
1+1이 있다.

-김규학(1959~)

엄마, 저거 봐. 우리 동네 마트처럼 1+1이야. 어디? 개구리가 개구리를 업고 있잖아. 메뚜기도 업고 있어. 어어… 그렇구나, 하하. 엄마는 끼워팔기 아닌 짝짓기라고 설명하기가 곤란하다. 웃으며 그만 대답을 얼버무려 버린다. 그걸 짝짓기한다고 애써 가르칠 필요는 없다. 어린이 눈에는 그냥 1+1로 보인다. 단순한 업고 업힘인 어부바다. 그게 아니라고 우기거나, 굳이 그건 이런 거라고 설명하려 드는 어른은 모자라는 어른. 어린이의 1+1 세계를 이해 못하는 어른은 그만큼 때가 묻었기 때문이다.

동시는 동심童心이 배어 있는 시이다. 동심은 때가 묻지 않은 마음이다. 동심의 세계는 '유치한 어린이 마음'이 아니다. 인간의 순수한 마음이다. 순수함은 인간의 원형질이다. 나이가 들면서 때가 묻으면 원형질이 변질된다. 어린이 마음은 원형질 변질 전 단계다. 때묻지 않은 '동시'가 어른의 잃은 원형질 회복에 도움이 되리라.

태풍

지난 여름
해운대 해수욕장에
놀러 와서

요란스럽게
운동회를 열더니

너도
쓰레기
마구 버려 놓고
도망갔구나.

-박 일(1946~)

이런! 태풍도 바닷가를 어지럽히는구나. 해수욕장에 쓰레기를 마구 팽개쳐 놓고 도망간 사람들처럼. 해수욕장은 여름 한철 쓰레기로 몸져눕는다. 자연이 베푼 바다의 마당에서 운동회 하듯 공짜로 잘 놀았으면 고마워서라도 쓰레기는 치우고 가야지. 쓰레기 태풍을 만들어 놓곤 그냥 가 버리는 얌체족들. 자기집 마당이라면 아마도 지푸라기 하나 남기지 않고 치웠으리라. 어른들은 부끄러움과 양심을 잃어버렸나 보다. 어린이 눈높이에서 바라본 '태풍'은 이런 사람들을 비유한 것일 게다. '너도' 라는 말에 나도 들어 있지 않는지 깜짝 놀란다. 이런 동시를 유심히 읽고 마음 가다듬으며 자란 어린이는 어디가 달라도 다르리라. 어른이 돼서도.

모과

하나님이
물었지

얼굴을 가질래?
향기를 가질래?

난
향기를
가지기로 했어

자,
맡아 봐
내 향기!

-김현숙(1960~)

하느님이 모과를 꺼내 놓고 슬쩍 떠봤지. 얼굴을 가질래? 향기를 가질래? 얼굴은 예쁜 얼굴을, 향기는 마음의 아름다움을 말함은 물론이다. 어? 뜻밖이다. 외모 중시 세상에 향기를 가지겠다니. 기특해라, 그럼 향기를 가져. 울퉁불퉁한 모과지만 향기 하나는 품질 보장이다. 못생겼으면서도 사랑을 듬뿍 받는 이유이다. 향기는 물론 내면의 향기다.

하느님이 내면 향기를 새삼 우리 앞에 내밀어 보인 것이다. 외모만 따지지 말고 향기가 있는지 스스로를 좀 들여다보라고. 어디 마음이 쓴가, 짠가, 단가, 매운가, 킁킁 쩝쩝 맛보고 냄새도 맡아 보시라고. 얼굴만으로는 온전한 사랑을 차지하기 어려우니. 진정한 사랑은 마음을 얻어야 오래간다며. 동화적인 시가 던진 짭짤한 삶의 이치다.

정정당당

뉴스를 보면
○당
△당
날마다 다툰다.

뉴스를 보면
할아버지는 ○당
아빠는 △당
우리 집도
날마다 다툰다.

지금
우리나라에
제일 필요한 것은
○당도 △당도 아닌
정정당당

가을운동회
달리기 하는

우리들처럼

-박선미(1961~)

'정정당당'이 펄떡펄떡 살아 숨쉬는 곳이 있다. 세계 어른들의 겨울운동회인 평창올림픽 경기장이다. 그곳에서도 다툼이 심하다. 다툼이 그 어느 곳보다 치열하다. 하지만 깨끗이 경쟁하며 다툰다. 웃고 칭찬하며 다툰다. 멋진 다툼 아닌가. 이게 바로 정정당당이다. 어린이들도 운동회 날 정정당당히 경쟁하는데, ○당과 △당은 선의의 경쟁 아닌 싸움으로 날을 지새운다.

가정에까지 다툼을 번지게 하는 ○당과 △당의 존재 가치를 어린이는 아주 낮게 채점한다. '우리나라에 / 제일 필요한 것은 / ○당도 △당도 아닌'이라는 표현이 그걸 말해준다. 어린이 꾸중에 속이 시원한 사람도 있을 게다. 집과 학교, 사회, 나라를 4연과 같은 풍경으로 채웠으면 좋겠다. 그때 정정당당하지 않은 ○당과 △당을 빼 버리면 어떨까.

하회탈

하회마을 탈은
탈이야 탈

화나도 웃고
슬퍼도 웃고
싫어도 웃고
아파도 웃고
미워도 웃고
탈이야 탈,

양반도 웃고
선비도 웃고
할미도 웃고
각시도 웃고
중도 웃고
탈이야 탈,

하회마을은
웃음이야.

-김귀자(1947~)

하회마을 탈은 모두 웃는다. 웃어라, 그런다. 웃다 보면 저절로 웃게 된다고. 웃어선 안될 때도, 웃기 힘들 때도 탈은 웃는다. 너무 웃어 탈이다. 화남, 슬픔, 아픔, 미움의 감정까지도 웃음 뒤에 숨기고. 웃음 뒤에 비꼼도 욕도 숨겼다. 웃음은 탈이 되었다. 양반탈, 선비탈, 할미탈, 각시탈, 중탈. 탈은 마침내 한 마을을 웃음 마을로 바꾸어 놓았다. 대단한 웃음이다. 영국 엘리자베스 여왕도 와서 웃고 간 웃음이다. 세계인의 웃음이 됐다. 문재인 대통령도 가서 웃고 왔단다. 돌아오는 가을 안동 하회마을에 가서 탈과 함께 실컷 웃어나 볼까.

셋방살이

풀잎이
전세를 놓았다

풀벌레가
전세를 얻었다

풀잎은
전세값으로 노래를 받아
날마다 기뻤다

풀벌레는
전세값으로 노래를 주어
날마다 즐거웠다.

-정갑숙(1963~)

야, 천국이다, 극락세계다. 전세값을 노래로 주고받으니! 어찌 날마다 즐겁고 기쁘지 않겠는가. 잠꼬대 같은 소리라고 할지도 모르지만, 시인은 이런 세상을 꿈꾼다. 누구나 이런 세상이면 살맛 나지 않겠는가. 3월은 봄의 첫 디딤돌이자 이사철이기도 하다. 요즘 전세금이 하늘처럼 높다. 이사하는 어린이도 봄을 지고 다니는 것과 같으니 힘겹겠다. 풀잎 마을과 풀벌레 주민의 삶을 베껴 입히고 싶다.

필자도 시골에서 단칸 셋방살이를 했다. 부엌문이 양철 거적이어서 눈발이 날아들었다. 주인은 전기료를 우리에게 다 내라고 했다. 어이없었다. 교사여서 다투면 욕먹을까 봐 그냥 내고 말았다. 쓰라린 셋방살이였으나, 신혼 때여서 참을 만했다, 호호. 지금은 추억으로 둥실 떠있다.

꽃 배달

축하합니다!

꽃 배달 서비스
누가
갈 거니?

저요!

손잡이 달린 대바구니가
예쁜 꽃
한 아름 안고

선뜻
나섰다

좋아!

－박정식(1947～)

어? 꽃 배달을 사람 아닌 대바구니가 하네. 잠시 어리둥절하다가 그러면 그렇지, 곧 시인의 능청을 눈치챘다. '손잡이 달린'이라는 말에 숨겨 놓은 의미를 찾아냈다. 손잡이를 잡는 건 사람이다. 사람이 나섰다, 라고 하면 얼마나 싱겁고 밋밋할 것인가. 요게 시의 묘미이다. 의인화시켜 잠깐 어깃장 놓은 것이 시의 맛을 산뜻하게 하고, 싸아한 즐거움까지 준다. 축하 꽃 배달 심부름을 '저요!' 하며 선뜻 나선 대바구니, 한아름의 꽃을 안고 달리는 것이 퍽 '좋아!' 보인다. 심부름 잘하는 어린이의 순한 모습이 눈앞에 살짝 겹쳐진다. 더 길게 쓰면 잔소리겠지요?

누가 훔쳐갔음 좋겠다

한 대학생 누나
너무 배고파
메추리알, 우유, 김치, 핫바
6,650원어치 훔쳤다고 한다.
설 때도 고향집에
아무도 없는 누나,
누나의 가난을
누가 훔쳐갔음 좋겠다.
누나의 슬픔을
누가 훔쳐갔음 좋겠다.

-이화주(1948~)

가난과 슬픔을 훔쳐간다? 참 이상한 도둑도 다 있다. 돈도 안 되는 걸 훔쳐가는 바보 같은 도둑. 따져 보니 결코 바보 도둑이 아니다. 홍길동보다 더 의적義賊이다. 모진 굶주림에서 풀려나려고 6,650원어치 훔쳤다가 잡혔다는 뉴스에 접한 시인의 가슴도 아프다. 부모 형제도 없이 찌들게 가난한 여대생. 슬프기까지 한 여대생의 가난을 해결해 줄 길은 없을까? 아, 있다. 가난을 누군가 훔쳐가면 되겠다. 슬픔도 훔쳐갔으면 좋겠다. 가슴 찡한 동심적 상상력에 짝짝짝, 박수가 절로 핀다. 어서 빨리 가난과 슬픔을 훔쳐가는 도둑이 들끓는 세상이 왔으면 좋겠다. 세상 구석구석에 숨어 있는 가난과 슬픔이 꼬리를 감추게. 청년 실업자 100만 명의 가난도 사라지게. 생각만 해도 하하, 유쾌한 웃음이 터진다.

탑·2

하늘 이고 섰으면
누구나 탑입니다.

둘이서 마주 보면
다보탑이랑 석가탑

먼 구름
불러 내리면
나도 그냥 탑입니다.

-신현배(1960~)

나도 탑이 될 수 있다니! 신난다. 하늘을 두르고 서 있는 멋진 탑을 볼 때마다 부러웠는데… 나도 그런 탑이라니. 참으로 기분 좋은 일이다. 시를 읽으며 거만하게도 어깨를 으쓱거려 본다, 하하. 괜찮다. 너도, 나도, 우리는 다 탑이니까. 구름이 은은히 받쳐 주는 하늘 아래 조용히 서 있는 사람 모습이 탑과 닮지 않았는가. 그러니 누구나 탑이라는 것이다.

고운 구름 서성이는 하늘을 배경으로 마주하면 다보탑, 석가탑. 그 구름 불러 내려 뒤에 받치면 나도 탑. 우리는 다 소중한 사람이지, 응. 어린이뿐 아니라 어른까지 자존감을 잔뜩 부풀려 주네. 인간이 따스한 존재임을 새삼 일깨우네. 단아한 동시조 한 편이 던지는 이 행복감이란! 따스한 체온이 돋기 시작하는 봄 들녘에 나가 탑이 돼 보시라.

꽃

꽃이 되고 싶어
예쁜 옷을 고른다.

꽃이 되고 싶어
곱게 화장을 한다.

꽃이 되고 싶어
좋은 향수를 뿌린다.

사람들은 누구나
어여쁜 꽃이고 싶다.

-김종상(1935~)

김춘수 시인의 「꽃」이라는 시에 '우리들은 모두 / 무엇이 되고 싶다.'라는 구절이 있다. 인간은 누구나 무언가가 되고 싶은 욕망에 잠겨 있다는 말이다. 인간의 욕망은 많고 많다. 이 시는 어린이에게 이런 인간의 욕망에 대해서도 알려 주고 싶은 욕망을 품고 있다. 그 욕망 중 하나가 '사람들은 누구나 / 어여쁜 꽃이고 싶다'는 것이다. '꽃이 되고 싶어'를 1~3연에 되풀이, 강조했다.

왜 꽃이 되고 싶을까? 어여뻐서라는 대답이다. '어여쁘다'에는 착하고, 곱고, 아름다움 등의 좋은 이미지가 들어 있다. 다른 어떤 욕망보다 어여쁜 것 즉, 꽃이 되고 싶어 하는 건 좋다는 뜻이다. 신의 창조물 중 가장 아름다운 것은 꽃이 아닐까? 사람들이 어여쁜 꽃이 된다면 얼마나 좋을까. 사람들이여 꽃이 되자, 시인이 인간성 헝클어진 시대에 던진 단순하고도 간절한 목소리가 아닐까.

나무의 등

나무는
등이 없다지만

등 뒤에
숨길 것도 없다지만

아이들은 알지
숨바꼭질해 보면 알지.

나무가 내민 등
그 뒤에 숨어보면 알지.

-추필숙(1968~)

나무에 등이 있다고? 없어. 나무에 무슨 등이 있어. 아니야, 어린이들은 나무도 등이 있다는 거야. 정말? 숨바꼭질해 보면 안대. '그 뒤에 숨어보면' 알 수 있대. 숨바꼭질할 때 나무가 뒤에 숨겨 준다는 거지. 숨은 데가 바로 '나무가 내민 등'이라는 거야. 응, 그렇구나. 우리도 어린 시절 숨바꼭질할 때 나무 뒤에 숨어 봤지. 어릴 때 무서우면 엄마 등 뒤에 숨듯이. 나무는 숨길 일도 '숨길 것도 없다지만', 어린이가 숨으러 오면 등을 내밀어 꼬옥 숨겨 주지.

시인도 숨바꼭질 체험을 통해 나무의 등을 발견했으리라. 아직도 동심의 눈을 가지고 있는 시인. 동심의 눈이 엮은 시이다. '꼭꼭 숨어라, 머리카락 보일라' '무궁화꽃이 피었습니다'를 노래하던 어린시절의 아련한 추억 한 자락이 동동 떠온다.

까치밥

까치밥은
까치밥

참새가
먹어도
까치밥

까마귀가
먹어도
까치밥

직박구리가
먹어도
까치밥

그냥 둬도
까치밥

–이재순(1951~)

그렇구나. 까치밥이 이래도 저래도 까치밥이네. 까치밥은 까치만 먹는 줄 알았다. 참새나 까마귀, 직박구리는 안 먹는 줄 알았다. 다른 새들이 먹으면 까치밥이 아닌 줄로 여겼다. 어떤 새가 먹어도 까치밥이네. 달랑달랑 까치밥, 배고픈 새들의 밥이네. 안 먹고 그냥 둬도 까치밥이고… 어린이 눈높이에 맞춰 따낸 생각이고 시이다.

시를 쓸 때는 같은 사물이라도 이렇게 달리 보고 달리 생각해야 하는데, 쉬이 안 된다. 고정관념을 벗어던지면 새로움과 신선함을 얻는데. 관념 탈피는 시를 맛나게 요리하는 데 쓰이는 좋은 조미료이다. 연과 연 사이에 '까치밥'을 사다리로 걸쳐 얽어진 리듬감으로 시가 노래처럼 찰랑거리고, 읽는 이의 맘을 부드러이 어루만진다.

콩

엄마와 함께 벌레 먹은 콩을 고른다
가끔 손을 빠져나간 콩들이
식탁 밑으로 떨어져
마룻바닥을 뛰어간다

콩
        콩
콩
         콩

아무렇게나 뛰는 것 같은데
콩은
한 걸음을 뛰는데도
자기 이름을 건다.

-류경일(1964~)

메주를 쑤려고 콩을 고르는 모양이다. 12월 초순까지 메주를 쒀 매다는 게 예나 오늘이나 우리 생활이 넘는 한 고개이다. 콩이 마룻바닥에 떨어졌다. 콩 콩 콩 콩, 굴러 흩어져 있는 광경을 시각적으로, 눈에 쏙 들어오게 그려 놓았다. 일상을 날카롭게 바라보는 시선이 이 시를 낳았다. 같은 시인이면서도 이런 걸 무심히 보아 넘겼음에 가슴이 뜨끔하다. 콩은 그냥 구르는 줄로만 알았는데, 그게 아니었다. 콩이 굴러가는 것을 보고 '한 걸음 뛰는데도 / 자기 이름을 건다.'는 깊은 의미를 건져 올렸다. 또 가슴이 뜨끔하다. 살아오면서 걸음걸음에 이름을 걸었는지를 돌이켜 보니. 독자들은 어떠할까? '이름을 건다'는 건 부끄럼 없는, 최선을 다하는 삶을 암시했을 게다. 어린이도 자신의 걸음을 돌아보는 게 나쁘지는 않으리.

혼자

하늘엔
달 혼자

마당엔
나 혼자

나마저 들어가면
달은 혼자 뭐하나

-이오자(1960~)

시의 풍경은 선뜻 떠오르나 어떤 생각과 뜻이 담겼는지는 얼른 파악되지 않는다. '혼자'라는 시어에 주목하면 그 의문이 풀린다. '혼자'라는 단어가 네 번 나온다. 밝은 달밤, 시인은 마당에서 달빛에 젖어 든다. 달도 나도 혼자다. '혼자, 혼자, 혼자'를 중얼거려 본다. 문득 외롭고 쓸쓸한 느낌이 안개처럼 피어오른다. 맞다. 외로움, 쓸쓸함이다. 달밤은 외롭고 쓸쓸하기도 하구나. 시인은 더욱 외로움을 느껴 달을 두고 쉬이 방에 들어가지 못한다. '나마저 들어가면 / 달은 혼자 뭐하나'. 달의 외로움까지 껴안는다. 자신의 외로움과 쓸쓸함을 한층 진하게 나타낸 것이리라. 어린이에게 무슨 어른스러운 감정을 전하려는가. 다른 사람 외로움도 껴안아 줄 줄 알아야지, 이러는 거겠지. 여느 계절보다 청명한 가을 달밤, 오롯한 외로움에 한번 젖어 보시라. 외로움이 몸을 맑혀 줄 때도 있으니.

가슴으로 읽는 동시

하늘 고치는 할아버지

초판 1쇄 인쇄 2019년 1월 4일
초판 1쇄 발행 2019년 1월 15일

엮은이 박두순
펴낸이 정중모
펴낸곳 도서출판 열림원

출판등록 1980년 5월 19일(제406-2000-000204호)
주소 경기도 파주시 회동길 152
팩스 031-955-0661~2
이메일 editor@yolimwon.com
트위터 @yolimwon
전화 031-955-0700
홈페이지 www.yolimwon.com
페이스북 /yolimwon
인스타그램 @yolimwon

편집 전태영 이영은
제작 관리 윤준수 이원희 전선애 허유정
홍보 마케팅 김경훈 김선규 김계향
디자인 강희철

ISBN 979-11-88047-82-6 03810

* 이 도서의 국립중앙도서관 출판예정도서목록(CIP)은 서지정보유통지원시스템(seoji.nl.go.kr)과 국가자료공동목록시스템(nl.go.kr/kolisnet)에서 이용하실 수 있습니다.
(CIP제어번호: CIP2018042720)
* 책값은 뒤표지에 있습니다. 잘못된 책은 구입하신 곳에서 교환해드립니다.

---

* 이 책의 모든 작품은 작가의 허락 하에 수록되었습니다.
수록을 허락해 주신 작가님들께 감사드립니다.